Dla Harveya — A.M.
Dla wszystkich innych żółwi — J. H.

To Harvey – A.M.
To all fellow tortoises – J.H.

The Tortoise and the Hare © Frances Lincoln Limited 2001
Text copyright © Angela McAllister 2001
The right of Angela McAllister to be identified as the author of this work has been asserted by
her in accordance with the Copyright, Designs and Patents Act, 1988 (United Kingdom).
Illustrations copyright © Jonathan Heale 2001
The right of Jonathan Heale to be identified as the illustrator of this work has been asserted by
him in accordance with the Copyright, Designs and Patents Act, 1988 (United Kingdom).

Polish translation copyright © Frances Lincoln Limited 2009
Translation into Polish by ASK translation
www.translate.co.uk

First published in Great Britain in 2001 by
Frances Lincoln Children's Books, 4 Torriano Mews,
Torriano Avenue, London NW5 2RZ
www.franceslincoln.com

This edition published in Great Britain and in the USA in 2009

British Library Cataloguing in Publication Data available on request

ISBN 978-1-84507-948-2

Set in Bauer Bodoni

Printed in Singapore

1 3 5 7 9 8 6 4 2

Żółw i zając

BAJKA EZOPA

The Tortoise *and the* HARE

AN AESOP'S FABLE

Opowiedziana na nowo przez

Angela McAllister

Ilustrowana drzeworytami przez

Jonathan Heale

F

FRANCES LINCOLN
CHILDREN'S BOOKS

Pewnego dnia żółw usłyszał, jak zając przechwala się przed królikami.

„Potrafię biec szybciej niż wiatr," powiedział zając.

Króliki były zdumione.

One day, Tortoise overheard Hare boasting to some rabbits.

"I can run so fast, I leave the wind behind," said Hare.

The rabbits were amazed.

„Cóż za głupstwa” rzekł żółw, gramoląc się z rabarbaru. „Ścigaj się ze mną!”

Zając obrzucił żółwia wyniosłym spojrzeniem.

„Nie warto się ścigać z małymi i powolnymi istotami,” rzekł i jednym susem przeskoczył przez rabarbar.

Króliki zaczęły wiwatować.

Żółw spojrzał na zająca, zmrużywszy oczy.

„Więc wydaje Ci się, że mnie pokonasz?”

"What nonsense," said Tortoise, creeping out of the rhubarb. "I'll give you a race."

Hare peered down at Tortoise. "Short, slow people aren't worth racing," he said, and he leapt right over the rhubarb.

The rabbits cheered.

Tortoise squinted up at Hare: "Think you can beat me, eh?"

„Oczywiście, że tak" rzekł zając.
„Możemy się ścigać do tych krzaków i z powrotem."

„To za blisko," rzekł żółw. „Ścigajmy się tą dróżką, za młyn i przez łąkę do mostu."

Tak też uzgodnili.

Zając popędził dróżką. Żółw rozpoczął wędrówkę, powoli, lecz zdecydowanie.

"Right," said Hare. "I'll race you to the hedge and back."

"That's not far enough," said Tortoise. "We'll race down the lane, past the mill and across the meadow to the bridge."

So it was agreed.

Hare bounded off down the lane. Tortoise started to creep along, slow but sure.

Zając szybko dotarł do młyna. W ogródku młynarza dostrzegł grządkę marchwi.

„Żółw-maruda będzie tu dopiero za kilka godzin," pomyślał.

„Mam dużo czasu na drugie śniadanie."

Poczęstował się więc najbardziej soczystą marchewką.

Hare soon reached the mill. In the miller's garden he spied a row of carrots.

"Old wrinkly won't be coming by for hours," he said.

"I've got plenty of time for elevenses."

He helped himself to the juiciest carrot.

Żółw brnął z mozołem polną dróżką.

Wiedział bardzo dobrze, że zając przepada

za marchewką…

Tortoise plodded down the lane.

He knew very well that Hare liked carrots

more than anything …

Zając zjadł smaczny posiłek, po czym ruszył
w dalszą drogę. Południowe słońce przygrzewało mocno.
Gdy dotarł do łąki, poczuł, że jest najedzony i senny.

„Żółw-guzdrała jest daleko za mną," rzekł i ziewnął.
„Mam mnóstwo czasu na drzemkę."
Ułożył się w cieniu pod drzewem i usnął.

Hare enjoyed his meal, then continued on his way.
The midday sun was hot. When he reached the meadow,
he felt full and sleepy.

"Old baggy-drawers will be miles behind,"
he said, with a yawn. "There's plenty of time for a nap."
He settled down in the shade of a tree and went to sleep.

Gdy żółw dotarł do młyna, ujrzał rozrzucone na ziemi resztki marchewek. Uśmiechnął się i ruszył dalej, powoli, lecz zdecydowanie.

When Tortoise reached the mill, there were carrot tops lying scattered on the ground. Tortoise smiled and carried on his way, slow but sure.

Gdy przybył na łąkę, cichutko przeszedł obok zająca. Zając poruszył uchem, ale spał dalej. Żółw był zmęczony i było mu gorąco, ale nie zatrzymał się. Szedł dalej, powoli, lecz zdecydowanie.

Całe popołudnie żółw mozolnie przemierzał łąkę.

When he came to the meadow, Tortoise tiptoed silently past Hare. Hare twitched an ear, then went on sleeping. Tortoise was tired and hot, but he didn't stop. He just crawled along, slow but sure.

All afternoon Tortoise trudged on through the grass.

Tymczasem, zającowi śniło się, że przeskoczył księżyc, a króliki mu wiwatowały.

Meanwhile, Hare dreamt he was leaping over the moon, while all the rabbits cheered.

Obudziły go wiwaty i owacje.
Jakże się zdziwił, widząc, że króliki i inne zwierzęta
wiwatują głośno na cześć żółwia, który, stąpając
ciężko, zbliżał się do mostu.

The cheering woke him up.
To his surprise, he saw the rabbits and other animals
cheering loudly as Tortoise struggled towards the bridge.

Zając zorientował się, że nie ma chwili
do stracenia. Wielkimi susami popędził przez łąkę —
ale było już za późno. Żółw przeczłapał przez mostek
i zwyciężył w wyścigu!

Hare realised he hadn't a moment to lose.
He bounded across the meadow – but was too late.
Tortoise lumbered on to the bridge and the race was won!

Żółw był bardzo zmęczony a zającowi zrobiło się głupio. „Przyznaję, że szybko biegam, ale nie jestem zbyt mądry," powiedział zając. „Obiecuję, że już nigdy nie będę się przechwalać."

Króliki znowu zaczęły wiwatować.

„Masz zupełną rację," rzekł żółw, ziewając.

„A teraz może zaniósłbyś mnie do domu? Zwycięzca zasługuje na drzemkę!"

Tortoise was exhausted. Hare felt a fool.

"I see I am fast, but not very wise," said Hare. "I promise not to boast any more."

The rabbits cheered again.

"Quite right," said Tortoise, with a yawn. "And now, how about carrying me home? One of us champions needs a nap!"